Yf

778

PIRRHUS,

TRAGEDIE,

REPRÉSENTÉE

POUR LA PREMIERE FOIS,

PAR L'ACADEMIE ROYALE

DE MUSIQUE;

Le Jeudy 26. Octobre 1730.

DE L'IMPRIMERIE
De JEAN-BAPTISTE-CHRISTOPHE BALLARD,
Seul Imprimeur du Roy, & de l'Academie Royale de Musique.

M. D C C X X X.
AVEC PRIVILEGE DU ROY.
LE PRIX EST DE XXX. SOLS.

AVERTISSEMENT.

ON comprendra aiſément que le PROLOGUE de cet Opera avoit été fait au ſujet de la Naiſſance de MONSEIGNEUR LE DAUPHIN: Mais, comme celle de MONSEIGNEUR LE DUC D'ANJOU, ne m'a pas donné le temps d'en recommencer un autre, qui embraſſât les deux Naiſſances de ces Princes, ſi chers à la France ; J'ay été obligé d'ajoûter un Recit, pour celebrer celle du Second. J'eſpere que le Public voudra bien s'y prêter. Je pourrois le prévenir ſur la conduite de ma Piece, & luy demander en même temps, grace pour les choſes que je crains d'avoir manquées ; mais je ne ſuis pas aſſez vain pour vouloir luy preparer les reflexions qu'il doit faire ſur mon Poëme : Le droit de juger par luy-même d'un Ouvrage qu'on luy preſente, n'étant reſervé qu'à ſes ſeules lumieres. Je m'y ſoûmets entierement. Trop heureux, ſi le deſir que j'ay de luy plaire a pû me procurer les moyens d'y réüſſir.

PERSONNAGES

DU PROLOGUE.

MARS,	Monſieur Dun.
MMINERVE,	Mademoiſelle Eermans.
JUPITER,	Monſieur Goujet.

Troupes de Guerriers, de Jeux & de Plaiſirs.

ACTEURS ET ACTRICES

Chantants dans tous les Chœurs du Prologue
& de la Tragedie.

CÔTÉ DU ROY.   CÔTÉ DE LA REINE.

Meſdemoiſelles	Meſſieurs	Meſdemoiſelles	Meſſieurs
Souris.	Dun-Pere.	La Roche.	Le Myre.
Dun.	Flamand.	Tettelette.	Morand.
Dutillye.	S. Martin.	Antier-C.	Laferre.
David.	Goujet.	Charlard.	Pinart.
Lavallée.	Jolly.	Petitpas.	Dautrep.
Marchand.	Deshais.	Delorge.	Corail.
Jolly.	Dubrieul.	Duval	Valentin.
	Buſeau.		Ducheſne.
	Dupleſſis.		Houbault.
	Combeau.		

a ij

DIVERTISSEMENT
du Prologue.

JEUX ET PLAISIRS;

Mademoiſelle Feret;

Meſſieurs Matignon , Hamoche, Maltair-L.,
Dumay , Dupré.

Meſdemoiſelles Richalet , Thybert , Durocher,
Duval , Petit.

APROBATION.

J'AY lû par ordre de Monſeigneur le Garde des Sceaux, *Pirrhus*, *Tragedie.*
FAIT ce douziéme Mars mil ſept cent vingt-neuf. Signé GALLYOT.

PROLOGUE.

PROLOGUE.

Le Theâtre repréfente le Palais de Mars ; ce Dieu
y paroît au milieu d'une Troupe de Guerriers.

SCENE PREMIERE.

MARS, Troupe de Guerriers.

MARS.

Vous qui fuivez par tout ma voix,
Que vôtre ardeur fe renouvelle.
Une Carriere & plus vafte & plus belle
Va s'offrir en ce jour à vos brillants exploits.
L'Europe a trop long-temps joüy d'un fort tranquille:
De fes Guerriers plongez dans un honteux repos,
  La valeur devient inutile ;
Il faut les rappeller aux glorieux travaux.

b

PROLOGUE.

Courrons y rallumer le flambeau de la Guerre,
Que des ruisseaux de sang coulent de toutes parts,
Qu'on reconnoisse le Dieu Mars
Aux nouvelles horreurs qui vont troubler la Terre.

LE CHOEUR.

Courrons y rallumer le flambeau de la Guerre,
Que des ruisseaux de sang coulent de toutes parts,
Qu'on reconnoisse le Dieu Mars
Aux nouvelles horreurs qui vont troubler la Terre.

MARS.

Mais Minerve paroît, quel dessein icy-bas
L'oblige de descendre?

MINERVE descend sur un nüage.

************* *************************** ************

SCENE II.

MINERVE, MARS, GUERRIERS.

MINERVE.

*R*Edoutable Dieu des Combats,
Renoncez à l'espoir qui vient de vous surprendre.
Les Arrests du Destin renversent vos projets:
La France vient de voir combler son esperance
Par un Prince, dont la naissance
A l'Europe allarmée assure enfin la paix.

PROLOGUE.

MARS.

Aux Arrests du Destin cédons sans resistance.
Mais, mon triomphe en est plus éclatant,
Et dans la France qui m'attend,
De ce Prince chery je vais former l'Enfance.
Le plus puissant de ses Ayeux
Par mon secours fut toûjours invincible :
Je veux, s'il est possible,
Rendre son Nom encor plus glorieux.

MINERVE.

Non, non, c'est moy qui seule eûs l'avantage
De porter ses Ayeux aux glorieux travaux.
Mars ne peut inspirer qu'un farouche courage ;
C'est moy qui fait les vrays Heros.

ENSEMBLE.

Je dois sur vous remporter la victoire :
De ce Prince charmant je veux former le cœur.
C'est un soin trop flateur,
Pour en céder la gloire.

MINERVE.

Mais tout répond à mes desirs ;
Jupiter pour moy se declare :
Il ameine avec luy la Paix & les Plaisirs,
C'est mon triomphe qu'il prepare.

JUPITER paroît dans une gloire brillante, accompagné de la Paix, des Jeux & des Plaisirs.

b ij

SCENE III.

JUPITER, MINERVE, MARS,

Troupes de Guerriers, de Jeux & de Plaisirs.

JUPITER.

CEssez de disputer. Qu'un plus noble projet,
  Pour cet illustre Sang, marque vôtre tendresse.
Puisque vous pretendez, dans l'ardeur qui vous presse,
De ce Heros naissant, faire un Heros parfait ;
Tous les deux à l'envy conduisez sa jeunesse.

    Par mille soins divers,
    Signalez vôtre intelligence :
Que le succès qui doit combler vôtre esperance
    Etonne bien-tôt l'Univers.

LE CHOEUR.

    Par mille soins divers,
    Signalez vôtre intelligence :
Que le succès qui doit combler vôtre esperance
    Etonne bien-tôt l'Univers.

On danse.

MINERVE.

Doux Plaisirs, après le bruit des armes,
    Venez celebrer ce jour;
    Regnez à vôtre tour,
Et que tout parle icy de vos charmes.

  Descend des Cieux, aimable Paix.
    La plus brillante gloire
    Que donne la Victoire,
Vaut-elle un seul de tes attraits?

Doux Plaisirs, après le bruit des armes,
    Venez celebrer ce jour,
    Regnez à vôtre tour,
Et que tout parle icy de vos charmes.

Le Divertissement continuë

JUPITER.

France, quel est pour toy ce fortuné moment!
Heureux Monarque, heureuse Reine!
Quel gage encor de vôtre Hymen charmant,
Vient d'un nouvel éclat embellir vôtre chaîne!

à MARS, & à MINERVE.

    Redoublez vos soins glorieux:
Que pour les seconder aujourd'huy, tout conspire.
    C'est aux Rois d'imiter les Dieux;
Mais c'est aux Dieux à les instruire.

LE CHOEUR reprend.

Par mille soins divers, &c.

FIN DU PROLOGUE.

ACTEURS

DE LA TRAGEDIE.

PIRRHUS, *Roy d'Epire, Fils
d'Achille.* M^r. Chaffé.

ACAMAS, *Prince du fang de Pirrhus,* M^r. Tribou.

POLIXENE, *Fille de Priam, Roy
de Troye,* Mlle. Pellicier.

ISMENE, *Confidente de Polixene,* Mlle. Petitpas.

ERIPHILE, *Princeffe Magicienne,
Fille du Devin Amphiaraüs,* Mlle. Antier.

L'OMBRE D'ACHILLE, M^r. Dun.

LES TROIS EUMENIDES, M^{rs}. ⎰ Lemire.
⎱ Cuvillier.
Dumaft.

UNE NYMPHE DE THETIS, Mlle. Eermans.

THETIS, Mlle. Petitpas.

LE GRAND PRESTRE, M^r. Dun.

UN DES SOLDATS, M^r. Gouget.

*Troupes de Troyens & de Troyennes.
Troupes de Grecs & de Guerriers.
Troupe de Demons.
Troupe de Nymphes de Thetis.
Chœurs de Peuples & de Sacrificateurs.*

La Scene eft à Butrot, Capitale d'Epire.

DIVERTISSEMENTS
de la Tragedie.

PREMIER ACTE.

TROYENS ET TROYENNES;

Monſieur Laval;

Monſieur Maltair-C. Mademoiſelle Richalet.

Meſſieurs Javilliers , Dumay , Savar , Dangeville,
Tabary.

Meſdemoiſelles Petit , Durocher , Thybert,
Lamartiniere , Binet.

Monſieur Maltair-L. Mademoiſelle Feret.

SECOND ACTE.

GRECS, ET GRECQUES;

Monſieur D-Dumoulin ;

Mademoiſelle Camargo;

Meſſieurs P-Dumoulin , F-Dumoulin , Dangeville,
Javilliers , Dumay , Bontemps.

Meſdemoiſelles Thybert, Feret, Durocher,
Richalet , Petit , Lamartiniere.

TROISIE'ME ACTE.

DEMONS;

Monsieur Maltair-C. ;

Messieurs Bontemps , Javilliers , Matignon.

Messieurs Savar , Tabary , Dumay , Dangeville,
P-Dumoulin , Dupré.

QUATRIE'ME ACTE.

NIMPHES DE THETIS;

Mademoiselle Camargo ;

Mesdemoiselles Thybert , Feret , Richalet , Binet,
Durocher , Petit , Lamartiniere,

PIRRHUS,

PIRRHUS,
TRAGEDIE.

ACTE PREMIER.

Le Théâtre repréſente une Gallerie du Palais de
PIRRHUS.

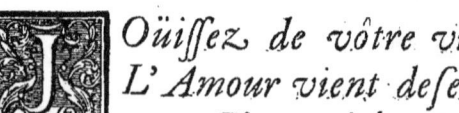

SCENE PREMIERE.

POLIXENE, ISMENE.

ISMENE.

J Oüiſſez de vôtre victoire :
L'Amour vient deſervir vôtre juſte couroux.
 Tout celebre icy vôtre gloire :
Le ſuperbe Pirrhus ſoupire à vos genoux.

A

PIRRHUS,

Quel triomphe pour Polixene!
Quels hommages vous sont offerts!
Vous faites porter vôtre chaîne
A qui vous destinoit des fers.

POLIXENE.

Helas! loin d'adoucir mon destin déplorable,
Ses soins ne font qu'aigrir le tourment qui m'accable.

ISMENE.

Que manque-t-il en ce jour à vos vœux?
A peine des Troyens qui sont sur ce rivage,
Vous avez à Pirrhus reproché l'esclavage,
  Qu'il a brisé leurs chaînes à vos yeux.
    De son zele à vous obéir,
  Pourquoy semblez-vous allarmée?
  Il est toûjours doux d'être aimée,
  Même de ceux qu'on veut haïr.

POLIXENE.

  Ah! cesse un discours qui me blesse;
Tes yeux, de mes combats, ont été les témoins:
Pour ce cruel Vainqueur tu connois ma foiblesse,
Et tu peux me presser de recevoir ses soins!

ISMENE.

  En luy cachant vôtre tendresse,
  Vous flatez-vous de l'aimer moins?

  L'Amour, certain de sa victoire,
Attaque également la raison, le devoir:
    Les opposer à son pouvoir,
C'est élever encor un trophée à sa gloire.

Quand Achille dans Troye acheva son destin,
Il alloit sur l'Autel recevoir vôtre main ;
Pourquoy donc aujourd'huy vous faites-vous un crime,
D'écoûter de son Fils la genereuse ardeur ?

POLIXENE.

A ma Patrie, helas ! sans cesse pour victime,
J'immole dès long-temps le repos de mon cœur.
Pour sauver Illion de son peril extrême,
A l'Objet de ma haine il fallut m'engager :
Il n'en perit pas moins, & c'est pour le venger
Que mon cœur aujourd'huy s'arrache à ce qu'il aime.

CHOEUR, derriere le Theâtre.

Triomphez Liberté charmante,
Ne nous abandonnez jamais :
On ne connoît bien vos attraits,
Qu'après une si longue attente.

POLIXENE.

Pense-t-on par ces chants, adoucir mes ennuys ?
Je ne puis les entendre en l'état où je suis.

ISMENE.

Vos Sujets sortis d'esclavage,
Chantent leur liberté, charmez d'un bien si doux :
Laissez-les, s'il se peut, joüir de l'avantage
De celebrer leur bonheur devant vous.

SCENE II.

POLIXENE, ISMENE.

CHOEUR de Troyens & de Troyennes.

LE CHOEUR.

TRiomphez, Liberté charmante,
Ne nous abandonnez jamais :
On ne connoît bien vos attraits,
Qu'après une si longue attente.

On danse.

ISMENE.

Suivez l'Amour,
Trop aimable Princesse ;
Et qu'à son tour,
Ce Dieu charmant vous blesse.

PETIT CHOEUR.

Suivez l'Amour,
Trop aimable Princesse ;
Et qu'à son tour,
Ce Dieu charmant vous blesse.

ISMENE.

Rendez heureux
Un Prince amoureux.

LE PETIT CHOEUR.

Luy seul peut calmer
Vôtre peine.

ISMENE.

L'Amour veut former
Vôtre chaîne.

ISMENE, & le petit CHOEUR.

Cedez au tourment
D'un Amant.

SEULE.

Regnez dans son cœur;
Et pour combler sa flâme,
Que son ardeur
Passe jusqu'en vôtre ame.

LE PETIT CHOEUR.

Regnez dans son cœur;
Et pour combler sa flâme,
Que son ardeur
Passe jusqu'en vôtre ame.

Le Divertissement continuë.

CHOEURS.

Tout céde au pouvoir de vos charmes:
C'est trop au tendre Amour refuser vôtre cœur.
Le superbe Pirrhus fait son plus grand bonheur
De vous rendre les armes.

PIRRHUS,

POLIXENE.

Par ces chants odieux , ne croyez pas me plaire :
Allez lâches Troyens , vanter vôtre Vainqueur.

CHOEURS.

Par ses soins & par son ardeur
Laissez calmer vôtre colere.

POLIXENE.

Eh quoy donc , avez vous oublié sa fureur ?

Rappellez cette nuit complice de sa rage ;
Où Troye abandonnée aux flâmes , au carnage ,
Vit ses plus braves Chefs interdits & troublez
Dans leurs Palais brûlants , par les Grecs immolez.
Cedant aux mouvements de crainte & de tendresse ,
J'avois suivy mon Pere au Temple de Pallas :
Nous embrassions tous deux l'Autel de la Déesse ,
    Quand Pirrhus y porte ses pas ,
    Tout fuit à son aspect funeste…
Dieux ! puis-je sans fremir , achever ce qui reste !
Ce fût en immolant mon Pere & vôtre Roy ,
Que ce cruel Vainqueur vint s'offrir devant moy…
    Et vous m'osez vanter sa flâme !
Ah ! plûtôt contre luy , secondez la fureur
    Qui regne dans mon ame.

O Ciel ! vien-t-il encor irriter ma douleur ?

SCENE III.

PIRRHUS, ACAMAS, POLIXENE, ISMENE.

PIRRHUS.

EH quoy, vous me fuyez aimable Polixene !
Après les maux que mon cœur a soufferts,
Lorsque de vos Troyens ma main brise les fers,
N'adoucirez-vous point ma chaîne ?

POLIXENE.

Ah ! ne t'obstine plus
A m'offrir chaque jour des soupirs superflus.
Cruel, n'attend de moy que des cris & des larmes:
Mon Pere est tombé sous tes coups.
Pour me venger; helas ! dans mon juste couroux,
Puisque je n'ay point d'autres armes,
Cruel, n'attend de moy que des cris & des larmes.

SCENE IV.

PIRRHUS, ACAMAS.

PIRRHUS.

Quel prix d'une si tendre ardeur !
    Que ces cruels mépris excitent ma fureur !
C'est trop souffrir, vengeons-nous de l'Ingrate ;
Mais, que dis-je insensé ! quel vain espoir me flate !
    Dès que je suis éloigné de ses yeux,
Le dépit dans mon cœur vient reprendre sa place :
    Je brûle de punir ses mépris odieux.
    Inutiles projets ! helas ! quoique je fasse ;
A peine je revoy ses attraits dangereux,
    Timide, interdit, amoureux,
    C'est moy qui luy demande grace.

ACAMAS.

Oubliez cette Ingrate. Eriphile autrefois
Devoit à vôtre sort unir sa destinée :
    Achille en conclût l'hymenée,
Tout vous engage à rentrer sous ses loix.

PIRRHUS.

Vôtre amitié pour moy prend un soin inutile :
    Je ne puis changer en ce jour,
    La raison est pour Eriphile,
Mais, Polixene a pour elle l'amour.

ACAMAS.

A C A M A S.

à part.   à PIRRHUS.

Qu'entends-je malheureux ! Evitez sa colere :
Rien ne peut échaper à son ressentiment ;
Instruite dans son art par Amphare son Pere,
Tout l'Enfer est soûmis à son commandement.

P I R R H U S.

Je serois moins à plaindre,
Si je n'avois que sa fureur à craindre.

Un songe... je rougis de ce trouble honteux ;
Cependant, malgré-moy, tous mes sens en fremissent :
Le sang & l'amitié, qui tous deux nous unissent,
M'engagent à montrer ma foiblesse à vos yeux.

A peine du sommeil je goûtois la douceur,
Que j'ay vû ma Princesse à mes vœux moins rebelle,
Ceder enfin à mon ardeur.

Nous nous jurions tous deux une flâme éternelle,
Quand du fond des Enfers, avec un bruit affreux,
Un poignard à la main, sort l'Ombre de mon Pere.
Le Spectre furieux
Lance sur Polixene un regard de colere ;
Elle veut l'éviter, le Cruel la poursuit :
Je fais pour l'arrêter, un effort inutile ;
A mes yeux effrayez l'inexorable Achille
L'immole, disparoît, & le Songe s'enfuit.

B

PIRRHUS,

ACAMAS.

Enfin, quel eſt le ſort que vôtre amour eſpere?

PIRRHUS.

D'autres ſoins aujourd'huy m'occupent dans ces lieux.
Pour honorer les Manes de mon Pere,
J'ay pris ſoin d'ordonner des Jeux :
Puiſſay-je par mes vœux,
Appaiſer cette Ombre ſi chere !
Vous Prince, qui voyez l'excès de ma douleur,
Ne m'abandonnez pas aux troubles de mon cœur.

Il ſort.

ACAMAS.

Cachons-luy, s'il ſe peut, les tranſports de mon ame :
Ou plûtôt, étouffons ma funeſte flâme.

FIN DU PREMIER ACTE.

ACTE SECOND.

Le Théâtre représente une Place publique : On voit
au milieu, un Monument, élevé en l'honneur
d'Achille, formé par une grande Pyramide
accompagnée de Trophées.

SCENE PREMIERE.
ACAMAS.

Je ne sçais où je vais, rien n'adoucit ma peine :
        Amant de Polixene,
    Et Confident de mon Rival,
Je souffre à chaque instant un tourment sans égal ;
J'ay tantôt combattu l'ardeur qui le possede :
    Helas ! contre l'amour, inutile remede !
    Plus j'opposois d'obstacles à ses vœux,
    Et plus je rallumois ses feux.

B ij

Les mêmes mouvements tirannisent mon ame :
Envain tout s'oppose à ma flâme,
Je me livre aux transports dont je suis animé...
Parlons, esperons tout, Pirrhus n'est point aimé...
Non, m'en dût-il coûter la vie,
Je ne puis me resoudre à cette perfidie :
Polixene elle-même en auroit de l'horreur...
Mais, puis-je en la voyant, répondre de mon cœur ?
Non, fuyons ses attraits... quel nuage s'avance !
C'est Eriphile, ô Ciel ! qui descend dans ces lieux.

Il paroît un nuage, qui laisse voir Eriphile.

S C E N E II.

ERIPHILE, paroît sur un nuage.

ERIPHILE, ACAMAS.

ERIPHILE.

PRince, reprenez l'esperance :
Je viens pour proteger vos feux.

ACAMAS.

Laissez-moy de l'Amour fuir le funeste empire :
Epargnez un courage encor mal affermy.
J'emporteray par tout le trait qui me déchire ;
Mais, j'en mourray du moins, sans trahir mon amy.

ERIPHILE.

Quand vous ne feriez point un obstacle à sa flâme,
Polixene jamais ne recevroit sa foy.
Je viens reprendre icy tous mes droits sur son ame,
Ou remplir ses Etats de carnage & d'effroy.
En vain, en l'honneur de son Pere,
Pirrhus veut ordonner des Jeux :
Son amour a d'Achille excité la colere,
Et son Ombre en murmure au séjour tenebreux.
L'Enfer m'a découvert cet important mistere :
Quel secours nous pourrons en recevoir tous deux !

ACAMAS.

Quel espoir adoucit ma peine !
Je pourrois sans remords, adorer Polixene !

ERIPHILE.

Faisons tous deux nôtre bonheur :
J'aime Pirrhus ; avant de punir ce parjure,
Je veux pour quelque temps, oublier mon injure ;
Et pour rallumer son ardeur,
Employer à l'envy les soupirs & les larmes.
Daigne Amour, leur prêter des charmes,
Tu peux tout sur les cœurs, & mon art n'y peut rien.
Vous cependant, allez à la Princesse,
Découvrir l'ardeur qui vous presse.
Pour former entre vous le plus charmant lien,

Je vais mettre tout en usage.

ACAMAS.

De quels combats mon cœur est déchiré!
Vous secondez l'ardeur dont je suis dévoré;
Mais, que je vais au Roy faire un sensible outrage!

ERIPHILE.

Ah! vous n'aimez que foiblement!
Quand on aime bien tendrement,
Peut-on, sans une peine extrême,
Cacher son ardeur un moment,
Aux yeux de la Beauté qu'on aime?
Le devoir & l'amitié même,
Tout céde à cet empressement:
Ah! vous n'aimez que foiblement.

ACAMAS.

Ah! cessez d'outrager une flâme si belle:
Polixene en mon cœur allume plus de feux...

ERIPHILE.

Eh bien, si vous brûlez pour elle,
Eloignez-là de ces bords dangereux.
Ostez-moy cet Objet qui blesse icy mes yeux,
Ou craignez ma juste vengeance.
Mais, Pirrhus va bien-tôt se rendre dans ces lieux;
Je dois encor éviter sa presence.
Vous pourrez cependant consulter vôtre cœur:
Mais suivez mes conseils, ou craignez ma fureur.

S C E N E III.

A C A M A S.

FAut-il encor que je balance !
N'écoûtons plus que mon ardeur.

Charmant Espoir d'obtenir ce que j'aime,
Vole, vien commencer à seconder mes vœux.
C'est toy qui des cœurs amoureux
Calme l'inquietude extrême.
Par l'image du sort dont tu flâtes leurs feux,
Tu leur fais, dans l'attente même,
Goûter mille moments heureux :
Charmant Espoir d'obtenir ce que j'aime,
Vole, vien commencer à seconder mes vœux.

Mais, je voy Pirrhus qui s'avance ;
Contraignons-nous en sa presence.

SCENE IV.

PIRRHUS, ACAMAS, Chœur & Troupe
de Guerriers & de Peuples d'Epire.

PIRRHUS.

CElebrez un Heros, dont la vertu guerriere
Animoit tous les cœurs au milieu des combats :
Des Fleuves débordez, pour arrêter ses pas,
N'offroient à sa valeur qu'une foible barriere.
A ce Vainqueur si grand, si genereux,
Ne donnons point d'indignes larmes :
Ce n'est que par le bruit des armes,
Que l'on doit honorer ses Manes glorieux.

Chantez ses exploits & sa gloire,
Gardez à jamais sa memoire :
Que son nom fameux
Eclate en tous lieux.

LE CHOEUR.

Chantons ses exploits & sa gloire,
Gardons à jamais sa memoire :
Que son nom fameux
Eclate en tous lieux.

On danse.

Le

Le Theâtre s'obscurcit tout à coup : On voit
briller les Eclairs , & l'on entend gronder
le Tonnerre.

LE CHOEUR.

Quels mouvements soudains ! quels éclats de Ton-
nerre !
L'obscurité succede à la clarté des Cieux.
Sous nos pas chancelants, qui fait trembler la Terre !
Quel prodige effrayant va paroître à nos yeux ?

La Pyramide s'abîme , & laisse paroître l'Ombre
d'Achille, à sa place.

C

SCENE V.

L'OMBRE D'ACHILLE, PIRRHUS, ACAMAS, LE CHOEUR.

L'OMBRE.

NE croy pas échaper à mes ressentiments :
Sur Toy, sur tes Sujets, crain d'attirer ma haine;
Si ton obéïssance à mes commandements,
Ne me fait dans ce jour immoler Polixene.

L'OMBRE s'abîme.

PIRRHUS.

Dieux ! Polixene ! arrête Ombre cruelle,
Je t'offre tout mon sang pour épargner le sien :
Soy sensible à mes cris, c'est ton Fils qui t'appelle...
Helas ! tu ne me réponds rien !..
De l'état où je suis, que pouvez-vous attendre ?
Peuples, éloignez-vous, qu'on me laisse en ces lieux ;
Allez, un sang si précieux
Merite qu'on balance encor à le répandre.

SCENE VI.

PIRRHUS, ACAMAS.

ACAMAS.

DE vôtre fort je conçois les horreurs :
Mais, n'est-il rien qui puisse adoucir vos douleurs ?

PIRRHUS.

Non, non, Ombre barbare,
Je ne puis servir tes fureurs :
Dûssent sur moy tomber tous les malheurs
Que ta cruauté me prepare ;
Non, non, Ombre barbare,
Je ne puis servir tes fureurs.
Non, tu ne mourras point charmante Polixene…
Eh pourquoy me flater d'une esperance vaine !
Qui pourroit retenir des Peuples furieux,
Armez contre ses jours par un prodige affreux ?
Seul contre tous, pourrois-je la défendre ?
En perissant pour elle, helas !
Tous mes efforts ne la sauveroient pas.
Dans ce trouble cruel, quel party dois-je prendre ?
Eloignons-là plûtôt de ces funestes lieux,
Cher Prince, recevez ce Dépost précieux.

C ij

Je remets en vos mains ma Princesse, ma vie.
Allez dans vos Etats mettre à couvert des jours,
Qui de ceux de Pirrhus doivent regler le cours.
Je veux de mes Sujets braver seul la furie,
Disposez ce que j'aime à partir de ces lieux,
Et daignez m'épargner de funestes adieux.

Il sort.

ACAMAS.

Luy-même, entre mes mains il livre son Amante!
Obéïssons au sort, qui passe mon attente.

FIN DU SECOND ACTE.

ACTE TROISIE'ME.

Le Theâtre repréſente l'Interieur du Palais
de P I R R H U S.

SCENE PREMIERE.

POLIXENE.

Ue vois-je! quelle horreur ſe répand dans ces
lieux?
Des Peuples effrayez frapent par tout mes yeux.

SCENE II.

ACAMAS, POLIXENE.

ACAMAS.

AH! Princeſſe, apprenez le coup qui vous menace,
Je vous l'annonce avec douleur;
Mais, le temps preſſe, il faut prévenir ce malheur,
L'Ombre d'Achille... ah! tout mon ſang ſe glace.

A mon trouble, jugez de son Arrest cruel...
　　Pour vous sauver du coup mortel,
Pirrhus, dans mes Etats, veut que je vous conduise;
　　Ce seul instant nous favorise.

POLIXENE.

Que Pirrhus connoît mal mon cœur !
　　Des cruels effets de sa rage
　　Je sens encor toute l'horreur.
　　Le trépas est-il un malheur,
　　　Quand il nous tire d'esclavage ?
Que Pirrhus connoît mal mon cœur !

ACAMAS.

　　Il craint que son Peuple en furie,
Malgré tous ses efforts, n'attente à vôtre vie.
Dans mes Etats vos vœux seront tous satisfaits :
Quand du fond des Enfers, l'affreuse Ombre d'Achille
　　Viendroit soûlever mes Sujets,
　　　Sa fureur seroit inutile.
　　Dûssent-ils s'armer contre moy,
　　Reduire mon Palais en cendre ;
Vous ne me veriez point, par un indigne effroy,
Remettre en d'autres mains le soin de vous défendre :
Pour m'acquerir ce cœur où tendent tous mes vœux,
　　J'irois dans l'ardeur qui me presse
Moy seul, à ces Cruels, disputer ma Princesse,
L'arracher de leurs mains, ou perir à ses yeux...
Vous me fuyez ? Pirrhus est l'objet de vos vœux.

POLIXENE.

Non, quoy que mon devoir demande qu'il perisse,
Je vois avec horreur, qu'un Amy le trahisse.

ACAMAS.

Jugez quel est sur moy le pouvoir de vos yeux.
Tourmenté par le doute affreux
Du sort, dont mon ardeur devoit être suivie ;
J'ay trahy cependant un Prince genereux,
Pour qui j'aurois donné ma vie :
Jugez quel est sur moy le pouvoir de vos yeux.

SCENE III.

PIRRHUS, POLIXENE, ACAMAS.

PIRRHUS.

PRest à souffrir la violence
De me voir separer de vous,
Princesse, j'ay senty que pour moy, vôtre absence
Est des maux que je crains, le plus cruel de tous.
Quand tous les Dieux sur moy devroient lancer la
foudre,
Vous ne partirez point : je ne puis m'y resoudre.

à ACAMAS.

Cher Prince, c'est assez ; aux dépens de mes jours,
Que ne puis-je payer vos soins, vôtre secours !

ACAMAS se retire.

✳✳

S C E N E I V.

P O L I X E N E , P I R R H U S.

P I R R H U S.

APrès ce que j'ay fait pour vous en ce moment,
Me faut-il craindre encor vôtre ressentiment ?

P O L I X E N E.

A me vanter tes soins , j'admire ton audace.
Qui brave le trépas , ne connoît point de grace…

P I R R H U S.

Cruelle , je le vois , vous cherchez moins la mort,
Qu'à fuïr un Prince qui vous aime.

P O L I X E N E.

Je fuis l'horreur extrême
De voir l'Auteur de mon malheureux sort.

P I R R H U S.

Ah ! demeurez Ingrate ;
Vengez-vous ; que sur moy vôtre couroux éclate:
Mais laissez-moy du moins , quand je perds tout espoir,
Le funeste plaisir que je prends à vous voir.

P O L I X E N E.

Pirrhus , n'abusez point de l'état déplorable
Où m'a fait tomber mon malheur ;
Et loin de profiter de l'ennuy qui m'accable,
Montrez-vous genereux , respectez ma douleur.

PIRRHUS.

PIRRHUS.

Eh bien, vous serez satisfaite.
Non, ce n'est point assez d'avouer ma défaite :
Victime dès long-temps de vos cruels appas,
C'est de vous que j'attens la vie ou le trépas.
Prononcez mon arrest, je vais vous satisfaire.

Si je ne puis calmer vôtre colere,
Je sçauray percer à vos yeux,
Ce cœur trop malheureux
D'avoir pû vous déplaire.
Prononcez mon arrest, je vais vous satisfaire.

POLIXENE.

Cessez de m'arrêter :
Non, non, je ne puis vous entendre.

PIRRHUS.

Daignez vous arrêter.
Pourquoy refuser de m'entendre ?

ENSEMBLE.

De cet amour si soûmis & si tendre,

POLIXENE. { *Que n'ay-je point* } à redouter ?
PIRRHUS. { *Qu'avez-vous donc* }

POLIXENE.

Non, non je ne puis vous entendre,
Cessez de m'arrêter.

PIRRHUS.

Pourquoy refuser de m'entendre ?

ENSEMBLE.

De cet amour si soûmis & si tendre,

POLIXENE. { *Que n'ay-je point* } à redouter ?
PIRRHUS. { *Qu'avez-vous donc* }

D

P I R R H U S.

Courrons à ſes genoux,
Achever, s'il ſe peut, de fléchir ſon couroux.
O Ciel! Eriphile s'avance:
Ne puis-je éviter ſa preſence?

S C E N E V.

E R I P H I L E , P I R R H U S.

E R I P H I L E.

ENfin, voicy ce jour ſi long-temps ſouhaité.
Qui doit mettre le comble à ma felicité.
Rien ne manque à vôtre victoire:
Le ſuperbe Illion eſt tombé ſous vos coups.
Tout comble mes deſirs ainſi que vôtre gloire:
L'Hymen va nous unir de ſes nœuds les plus doux.

P I R R H U S.

Dans ce funeſte jour ; que faut-il que j'eſpere?
Cet hymen auroit-il pour nous quelque douceur?
L'Ombre terrible de mon Pere,
Vient de répandre icy l'épouvante & l'horreur.

ERIPHILE.

Ah ! ſi je vous ſuis toûjours chere,
Que vous importe ſa fureur ?
Les Enfers chaque jour par un funeſte augure
M'annonçoient que Pirrhus n'étoit plus ſous mes loix :
Mais , plûtôt que mon cœur pût vous croire parjure,
J'ay démenty mon Art pour la premiere fois...
Me ſerois-je abuſée ?

PIRRHUS.

Ah ! laiſſez-moy me taire ;
Et ne penetrez point un funeſte miſtere,
Que je cherche avec ſoin, à cacher devant vous.

ERIPHILE.

Non, je connois l'Objet qui poſſede ton ame.
Quand l'Enfer n'auroit pû me découvrir ta flâme,
Croy-tu tromper l'amour jaloux ?

PIRRHUS.

Eh bien je l'avouray, j'adore Polixene.
Je ne ſuy qu'à regret le penchant qui m'entraîne :
Mais, ſes mépris, ſa cruauté
Ne puniſſent que trop mon infidelité.

ERIPHILE.

Je le voulois, Cruel, apprendre de toy-même.
C'en eſt fait, je ſuccombe à ma douleur extrême.

D ij

Daigne un moment jetter les yeux ſur moy.
Je n'ay pour me venger, que d'innocentes armes.

    Lorſque tu me manques de foy,
Mes pleurs & mes ſoupirs ſont les uniques charmes,
    Dont je me ſerve contre toy.
Un ſeul de tes regards payeroit tant de larmes.

Daigne un moment jetter les yeux ſur moy,
Je n'ay pour me venger, que d'innocentes armes.

P I R R H U S.
   Je plains le trouble où je vous voy.
Devois-je vous cauſer de ſi vives allarmes?

E R I P H I L E.
Ceſſe de m'outrager par ce lâche détour.
Croy-tu que la pitié puiſſe payer l'amour?

    Dépit jaloux, funeſte Rage;
    C'en eſt fait, je me livre à vous.
Triomphez dans mon cœur d'un amour qu'on outrage,
Vengez mes droits, ſervez un trop juſte couroux.
    Dépit jaloux, funeſte Rage;
    C'en eſt fait, je me livre à vous.

    Tu croyois braver ma fureur:
Mais, crain pour ma Rivale une vengeance horrible.
Je ſçay pour te frapper, l'endroit le plus ſenſible;
Et j'iray te chercher, juſqu'au fond de ſon cœur.

PIRRHUS.

Ne vous flatez pas , Témeraire ,
Quand Pirrhus l'a défend , de pouvoir l'immoler.
Le respect ne peut plus retenir ma colere ,
Vous menacez l'Objet qui m'a sçû plaire :
Je n'écoûte plus rien , c'est à vous de trembler.

Il sort.

✱✱✱✱ ✱✱✱✱✱✱✱✱✱✱✱✱✱✱✱✱✱✱✱✱✱✱✱✱✱✱✱✱✱✱✱✱✱✱✱✱

SCENE VI.

ERIPHILE.

COurs redoubler la rigueur de son sort ,
Et rendre ma vengeance encor plus éclatante.
L'Ombre d'Achille a passé mon attente ,
En condamnant ma Rivale à la mort.
Je m'abandonne trop à l'espoir qui m'anime...
Pirrhus tremblant pour l'Objet de ses vœux ,
Sçaura l'éloigner de ces lieux :
Et moy , je me verray dérober ma Victime...
Contraignons ses Sujets , par mille affreux tourments,
D'aller jusqu'en ses bras , immoler Polixene.
Dois-je attendre l'effet d'une menace vaine ,
Quand je puis me venger par mes enchantements ?
Demons soumis à ma puissance ,
Reconnoissez ma voix , de l'empire des Morts.
Pour servir ma vengeance ,
Transportez dans ces lieux l'horreur des sombres bords.

SCENE VII.

ERIPHILE,

Troupe de DEMONS & de MAGICIENS.

Le Theâtre change & repréſente un Antre affreux, terminé dans le fonds par un Gouffre qui paroît fermé.

Les Demons expriment par des Danſes vives, la joye qu'ils ont des ordres qu'ils viennent de recevoir.

LE CHOEUR.

JOüiſſons des plaiſirs cruels
*   D'exciter des cris & des plaintes :*
Que la mort, les troubles, les craintes
*   Tourmentent les foibles Mortels.*

Les DEMONS recommencent leurs danſes.

ERIPHILE.

Evoquons, pour porter des coups inévitables,
*   Les Eumenides implacables.*

Vous qui ne reſpirez que ſang, que parricides ;
Qui faites aux Enfers gemir les malheureux ;
Suſpendez un moment leurs tourments rigoureux,
Venez nous ſeconder, cruelles Eumenides.

LE CHOEUR s'unit avec ERIPHILE.

Vous qui ne respirez que sang, que parricides ;
Qui faites aux Enfers gemir les malheureux ;
Suspendez un moment leurs tourments rigoureux,
Venez nous seconder, cruelles Eumenides.

Le fond de l'Antre s'ouvre, on découvre les bords
de l'Acheron, & les trois Eumenides assises sur un
monceau de Rochers : Elles s'avancent pour
répondre aux ordres d'ERIPHILE.

SCENE VIII.

LES EUMENIDES, ERIPHILE,
& leur Suite.

LES EUMENIDES.

Pour toy, que faut-il entreprendre?
Parle, quel est le sang que nous devons répandre?

ERIPHILE.

Sur ces Peuples, versez vôtre noire fureur.
Que sans se reconnoître, ils s'immolent eux-mêmes.
Ah! rien n'égalera dans leurs tourments extrêmes,
Le desespoir affreux qui devore mon cœur.

FIN DU TROISIEME ACTE.

ACTE IV.

ACTE QUATRIEME.

Le Theâtre repréfente les Jardins du Palais de P I R R H U S , terminez par la Mer.

SCENE PREMIERE.

P O L I X E N E feule.

C H OE U R derriere le Theâtre.

Portons par tout l'horreur & l'épouvante:
Frapons, que tout céde à nos coups;
Et qu'en ces lieux, tout fe reffente
De la fureur qui s'empare de nous.

P O L I X E N E.

Dieux puiffants, détournez l'orage
Prêt à tomber fur l'Objet de mes vœux.

Ces Peuples malheureux,
Animez par l'aveugle rage
Que leur infpire un charme affreux,
Verfent leur propre fang fur ce fatal rivage.

E

PIRRHUS,

Le Roy voit ce charme odieux,
Par degrez jusqu'à luy, s'entrouvrir un passage.

Dieux puissants, détournez l'orage
Prêt à tomber sur l'Objet de mes vœux.

LE CHOEUR.

Portons par tout l'horreur & l'épouvante :
Frapons, que tout céde à nos coups ;
Et qu'en ces lieux, tout se ressente
De la fureur qui s'empare de nous.

POLIXENE.

Je cause les malheurs qui menacent sa teste :
Pirrhus, en refusant d'abandonner mes jours,
Attire sur luy la tempête.

Je ne puis cependant luy donner de secours :
Helas ! que son peril augmente ma foiblesse !..
Amour, c'est donc à toy qu'il faut que je m'adresse...

Mais déja ton flambeau m'éclaire en mon malheur :
Tu parles... je t'entends... & tu viens à mon cœur
Inspirer un projet pour sauver ce que j'aime,
Que même ma vertu ne peut désaprouver :
L'Amour livre Pirrhus à ce peril extrême,
C'est à l'Amour à le sauver.

LE CHOEUR.

Portons par tout l'horreur & l'épouvante :
Frapons, que tout céde à nos coups ;
Et qu'en ces lieux, tout se ressente
De la fureur qui s'empare de nous.

SCENE II.

ACAMAS, POLIXENE.

ACAMAS.

JE vous trouve enfin, ma Princeſſe ;
Quel peril menace vos jours !
Pour venir à vôtre ſecours,
A travers ces Mutins je vole, je m'empreſſe.
Ecoûtez leurs cris furieux :
C'eſt vôtre ſang, ô Ciel ! qu'on demande en ces lieux.

POLIXENE.

Laiſſe-moy le ſoin de ma vie :
Tu me fais plus d'horreur que ces funeſtes cris.
Va, puiſſes-tu trouver le prix
Que merite ta perfidie.

ACAMAS.

Rien ne peut m'émouvoir ;
Je ne prends plus de loix que de mon deſeſpoir :
Vos yeux, par tant d'attraits, ont enchanté mon ame,
Qu'après avoir quelque temps combatu ;
Rejettant les remords qu'inſpire la vertu,
J'ay trahy pour ma flâme,

E ij

Du fang, de l'amitié, les droits les plus facrez :
Et pour venger ces droits fi faints, fi reverez,
Je fens bien que les Dieux preparent mon fupplice :
Mais, puifqu'il faut que je periffe,
N'efperez pas que je vous laiffe en paix.
Trop heureux fi je puis, méprifant leur puiffance,
Au moment qu'ils feront éclater leur vengeance,
Joüir en expirant, du fruit de mes forfaits.

P O L I X E N E.

Dieux ! quelle horreur ! fuyons...

Elle fort.

A C A M A S.

Cruelle Polixene...

SCENE III.

ERIPHILE, ACAMAS.

ERIPHILE.

NE tentez plus de fléchir l'Inhumaine,
Son fort va deformais tomber entre vos mains :
Partez , pour l'éloigner de ce féjour funefte,
Peut être cet inftant eft le feul qui vous refte :
Eriphile fçaura feconder vos deffeins.

ACAMAS fort.

SCENE IV.

ERIPHILE.

QU'il se flate à son gré d'une vaine esperance :
　　Ma Rivale ne peut échaper à son sort.
　　　L'Enfer m'en donne l'assurance ;
　　　C'est pour mieux goûter ma vengeance,
　　　Que je veux differer sa mort.
Non, ce n'est plus assez pour moy qu'elle perisse ;
Il faut que mon Ingrat serve encor mon courroux.
　　　Pour le forcer d'ordonner son supplice,
Je sçauray luy porter les plus sensibles coups.
Quels projets inhumains ! Dieux ! j'en frémis moy-
　　même.
Toy, qui m'apris cet Art, dont le pouvoir suprême
Doit poursuivre le crime & venger la vertu,
　　　O mon Pere ! que diras-tu,
De voir ta Fille en proye à sa flâme fatale,
　　Immoler l'innocence à son ressentiment ?
Mais, chere Ombre, suspends ta colere un moment :
Regarde, s'il se peut, de la rive infernale,
Mes pleurs, mon desespoir, mes remords, mes projets,
Les maux que j'ay soufferts, ceux qu'il me reste à
　　craindre ;
Et tu me trouveras, malgré tous mes forfaits,
Moins criminelle encor, que je ne suis à plaindre.

SCENE V.

PIRRHUS, ERIPHILE, Suite de PIRRHUS.

PIRRHUS.

Barbare, osez-vous bien paroître dans ces lieux,
Où vous faites regner l'horreur & le carnage?

ERIPHILE.

Il n'est qu'un seul moyen d'arrêter cet orage :
Tu me promis ta main, si la bonté des Dieux
Sur Illion t'accordoit la victoire :
J'en crus tes serments solemnels ;
Allons les accomplir, aux pieds de leurs Autels :
Vien couronner ma flâme, & soûtenir ta gloire.

PIRRHUS.

Quel hymen odieux !
Ah ! plûtôt perisse à mes yeux
Tout un Peuple que j'aime ;
Que plûtôt avec luy, je perisse moy-même.

ERIPHILE.

Perfide, c'est pousser trop loin ta cruauté :
Tu joins encor l'insulte à l'infidelité.

ENSEMBLE.

Dieux puissans, Dieux vengeurs des crimes de la terre ;
Sur un coupable objet qui les rassemble tous,
Hâtez-vous, lancez le tonnerre ;
Qu'il tombe accablé sous vos coups.

P I R R H U S.

Ofes-tu bien des Dieux implorer la puiſſance ?

E R I P H I L E.

Non. Je n'attendray point que leur lente vengeance
      Décide à leur gré de ton ſort.
Quel fruit pourrois-je enfin retirer de ta mort ?
J'ay des moyens plus ſurs pour punir qui m'offenſe.
Je retourne avec joye aux lieux de ma naiſſance,
Dans l'eſpoir que bien-tôt, pour me venger de toy,
Le bruit de ton ſuplice y viendra juſqu'à moy.
      Ne crain plus alors que ma rage
      Te faſſe de nouvel outrage.
Je te porte en partant le dernier de mes coups :
Mais, je te porte enfin le plus cruel de tous.
Ton Amy… Tu frémis !.. ma vengeance eſt certaine,
Le Traître en ce moment, t'enleve Polixene.

Elle ſort.

P I R R H U S.
à ſa Suite.

Quel coup affreux ! Suivez le tranſport qui m'anime :
Que l'on cherche par tout ces Amants odieux.
      Ne vous offrez point à mes yeux,
      Qu'avec l'une & l'autre victime.

La Suite de P I R R H U S ſort pour executer
        ſes ordres.

S C E N E VI.

SCENE VI.

PIRRHUS.

POlixene à l'amour abandonne son cœur!
Et lorsque j'ay tout fait pour fléchir sa rigueur,
Pour un autre que moy, la Perfide soûpire!
L'amitié, le sang & l'amour,
Contre moy, tout conspire.
Ce que j'ay de plus cher me trahit en ce jour...

Quelle image cruelle irrite mes douleurs!
Sans doute, ces Amants ont trouvé quelque azile,
Où bravant mes vaines fureurs,
Ils joüissent d'un sort tranquile,
Tandis que je me livre aux plus noires horreurs.
Perfides, redoutez ma trop juste colere...
Où suis-je!.. à ma fureur ont-ils pû se cacher?
Infortuné, que dois-je faire?
Quels chemins ont-ils pris? dans quels lieux les chercher?

Toy, dont mon Pere a reçû la naissance,
Favorable Thetis, j'implore ta puissance.
Si ces Amants, dont je poursuis la mort,
A ton Empire ont confié leur sort,
Daigne entendre mes cris, soy sensible à mes peines.

Fay sortir les vents de leurs chaînes,
Que tes flots mutinez s'élevent jusqu'aux Cieux...
Sur ces Rochers affreux,

F

De leur Vaiſſeau briſé, preſente-moy l'image ;
Qu'ils ſoient jettez mourants ſur ce fatal rivage :
Et que, pour ſoûlager mes cruels déplaiſirs,
Je puiſſe être témoin de leurs derniers ſoûpirs.

S C E N E   V I I.

T H E T I S, ſortant de la Mer, avec ſa Suite.

T H E T I S, à P I R R H U S.

TA voix s'eſt fait entendre en mes grottes profondes :
Arrête, & reconnoy la Déeſſe des Ondes.

Les Nymphes de T H E T I S, ſortent de la Mer,
en chantant & en danſant.

C H OE U R.

A nos doux charmes
Tout rend les armes.
Les noirs ſoucis
Par nos chants ſont adoucis.
Fuyez ſans ceſſe
Soins & Triſteſſe ;
Laiſſez calmer par nos jeux,
Ses tranſports amoureux.

On danſe.

Une des NYMPHES de THETIS,
alternativement avec les autres NYMPHES.

LA NYMPHE.

O puiſſante Thetis, qu'en ces lieux on révere,
Ton auguſte pouvoir remplit tout l'Univers.

LE CHOEUR.

O puiſſante Thetis, qu'en ces lieux on révere,
Ton auguſte pouvoir remplit tout l'Univers.

LA NYMPHE.

Ton Empire embraſſe la terre,
Et ſes gouffres profonds conduiſent aux Enfers.

LE CHOEUR.

O puiſſante Thetis, qu'en ces lieux on révere,
Ton auguſte pouvoir remplit tout l'Univers.

LA NYMPHE.

Tu déchaînes les vents, par leur affreuſe guerre;
Pour ſervir ton couroux, ils font ſiſler les Airs.
Juſqu'au trône du Dieu qui lance le tonnerre,
Tu ſoûleves tes flots, du vaſte ſein des Mers.

LE CHOEUR.

O puiſſante Thetis, qu'en ces lieux on révere,
Ton auguſte pouvoir remplit tout l'Univers.

Le Divertiſſement Continuë.

L A N Y M P H E.

Charmante Liberté, revenez pour jamais
Dans un cœur que l'amour retenoit dans ses chaînes.
Rappellez le calme à la paix,
Pour le rendre à la gloire, & terminer ses peines.

Charmante Liberté, revenez pour jamais
Dans un cœur que l'amour retenoit dans ses chaînes.

On danse.

L A N Y M P H E.

Suspendez vôtre violence,
Fiers Aquilons, ne troublez point les Airs.
Que toute la nature, en un profond silence,
Écoute avec respect, la Déesse des Mers.

T H E T I S, à P I R R H U S.

J'ay rendu le calme à tes sens :
Mais, tu dois te montrer le digne Fils d'Achille,
Ou redouter des maux, encor plus grands
Que ceux que t'a causez la cruelle Eriphile.
Déja le Prêtre attend Polixene à l'Autel :
Pour la livrer au coup mortel,
Je vais par ma puissance,
Remettre en ton pouvoir l'Objet de ta vengeance.

FIN DU QUATRIEME ACTE.

ACTE CINQUIÉME.

Le Theâtre repréſente une Colonade, ſur les côtez ;
& le Tombeau d'Achille dans le fond. On voit
ſur le devant un Autel pour le Sacrifice.

SCENE PREMIERE.

PIRRHUS.

Ranſports d'amour & de fureur,
Ceſſez de déchirer mon cœur.

A ce Tombeau fatal, Dieux ! quel deſſein m'ameine !
Quoy ! voudrois-je ſauver les jours d'une Inhumaine !
Ces funeſtes apprêts m'inſpirent une horreur,
Qui me fait trop ſentir qu'elle m'eſt chere encore.
Je verrois immoler la Beauté que j'adore !
Renverſons cet Autel... que vais-je faire, hélas !
　　Je vais arracher au trépas
　　　L'Objet de ma tendreſſe :
Mais, l'Ingrate vivra pour un autre que moy.
Mon Rival a ſon cœur, mon Rival a ſa foy :
C'eſt luy qui joüira du fruit de ma foibleſſe.
　　Tranſports d'amour, &c.

Les criminels Auteurs du tourment que j'endure,
Ont été par les flots rejettez dans ces lieux :

Que leur sang répandu , pour venger mon injure,
Appaise, s'il se peut, mes transports & les Dieux.

       Avant ta mort , Amy parjure,
Tu verras immoler ton Amante à tes yeux.

Que leur sang répandu, pour venger mon injure,
Appaise, s'il se peut , mes transports & les Dieux.

Mais , quel spectacle à mes yeux se presente ?

✳✳

SCENE II.

PIRRHUS, ACAMAS, SOLDATS.

On voit paroître ACAMAS mourant , porté par
des Soldats.

UN DES SOLDATS.

Nous voulions épargner ses jours :
Mais , voyant de ses bras arracher son Amante,
     Luy-même en a tranché le cours.

ACAMAS, à PIRRHUS.

Je t'ay trahy , l'amour a fait mon injustice.
La perfide Eriphile , en m'ôtant son secours ,
      M'a découvert son artifice,
Après m'avoir promis de me servir toûjours.

Je viens rendre, en mourant, justice à Polixene:
Malgré tout le pouvoir dont on m'avoit armé,
Je n'ay pû de ces lieux l'arracher qu'avec peine;
Et jamais je n'en fûs aimé.

On l'emporte.

PIRRHUS.

Il n'étoit point aimé! quel espoir pour ma flâme!
Quel feu se rallume en mon ame!

Je me flattois que dans ce jour,
Mon cœur de son ardeur, pourroit se rendre maître:
Mais, à l'espoir qui vient tout à coup d'y renaître,
Je sens qu'il est encor au pouvoir de l'amour.

C H OE U R, derriere le Theâtre.

Chantons le secours favorable,
Qui va nous délivrer d'un tourment effroyable:
Après avoir souffert les plus horribles maux,
Nous en goûterons mieux la douceur du repos.

PIRRHUS.

Le Peuple vient icy conduire sa Victime,
Et sa joye à mes yeux ne craint point d'éclater.
Il s'abandonne trop à l'espoir qui l'anime;
Je sçauray bientôt l'arrêter.

SCENE III.

PIRRHUS, LE GRAND PRESTRE,

C H OE U R de Prêtres & de Peuples.

LE CHOEUR.

CHantons le secours favorable,
Qui va nous délivrer d'un tourment effroyable :
Après avoir souffert les plus horribles maux,
Nous en goûterons mieux la douceur du repos.

LE GRAND PRESTRE.

Arbitres souverains du destin de la terre,
Suspendez nos tourments; écoûtez-nous, grands Dieux :
Par le sang que ma main va répandre en ces lieux,
Laissez calmer vôtre colere.

PIRRHUS.

Choisissez une autre Victime,
Ce n'est point par un crime
Qu'on appaise les Immortels :
Et le sang innocent soüilleroit leurs Autels.

LE GRAND PRESTRE.

Polixene est icy l'objet de leur colere.
On n'est point innocent, quand on peut leur déplaire.
Roy,

Roy, craignez d'attirer leur vengeance fur vous;
Et que d'un faint refpect, tout fremiffe avec nous.

PIRRHUS.

Ah! pour défendre icy le fang qu'on veut répandre,
Dans ma jufte fureur je ne refpecte rien.
Avant qu'on puiffe l'entreprendre,
Il faudra verfer tout le mien.

LE CHOEUR DES PRESTRES.

Monarque témeraire,
Penfe-tu refifter aux Dieux?
Crain fur ton front audacieux,
D'attirer l'éclat du tonnerre.

G

SCENE IV.

LE GRAND PRESTRE, POLIXENE, PIRRHUS, LE CHOEUR.

PIRRHUS.

NE craignez rien, belle Princesse.
Malgré les Dieux, malgré leur fureur vengeresse,
Vous aurez dans ces lieux un azile assuré :
Jusqu'aux pieds des Autels, je vous y défendray.

POLIXENE.

Ah ! Seigneur, arrêtez.
Quel trouble dans ces lieux apporte ma presence !
Mais, je vais en calmer l'extrême violence :
Vous Ministres des Dieux, & vous Grecs, écoûtez :
Pirrhus, de vôtre sort, mon ame est attendrie :
J'ay causé vos malheurs, je dois les reparer.
Pour vous rendre la paix que je vous ay ravie,
Voicy ce que les Dieux viennent de m'inspirer.

Elle se frape.

PIRRHUS.

Que faites vous ! ô Dieux !

POLIXENE.

Il n'eſt plus temps de feindre :
Après m'être fait mille efforts,
Ma tendreſſe pour vous ne doit plus ſe contraindre ;
Et je puis , en mourant, l'avoüer ſans remords...

PIRRHUS.

Ciel !

POLIXENE.

Le trépas m'arrache à des moments ſi doux.
C'en eſt fait... je decends ſur l'infernale rive...
Cher Pirrhus, recevez mon ame fugitive...
Mes derniers ſoupirs ſont pour vous.

PIRRHUS veut ſe tuer , & ſa Suite
le déſarme.

FIN.

PRIVILEGE DU ROY.

LOUIS par la grace de Dieu, Roy de France & de Navarre : A nos amez & feaux Confeillers, les Gens tenant nos Cours de Parlement, Maîtres des Requêtes ordinaires de nôtre Hôtel, Grand Confeil, Prevôt de Paris, Baillifs, Sénéchaux, leurs Lieutenans-Civils, & autres nos Justiciers qu'il appartiendra, Salut. Les Sieurs Besnier, Avocat en Parlement, Chomat, Duchesne, & de la Val de S. Pont, Bourgeois de nôtre bonne Ville de Paris ; Nous ont fait remontrer, qu'en consequence de l'Arrest de nôtre Confeil du 12. Decembre 1712. du Traité fait entr'eux & les Sieurs de Francine & Dumont, le 24. desdits Mois & An, & de nos Lettres Patentes du 8. Janvier ensuivant, confirmatives dudit Traité ; Ils auroient acquis le Privilege, de faire representer les Opera durant le temps de vingt années, à compter du 10. Aoust 1712. ainsi que le Privilege de la vente des Paroles desdits Opera, lesquelles ils desireroient faire imprimer pour les donner au Public, s'il Nous plaisoit leur accorder nos Lettres de Privilege sur ce necessaires : A CES CAUSES ; desirant favorablement traiter les Exposans, attendu les charges dont l'Academie Royale de Musique se trouve oberée, & les grandes dépenses qu'il convient de faire, tant pour l'Impression que pour la Gravûre en Taille-douce des Planches dont ce Livre sera orné ; Nous leur avons permis & permettons par ces Presentes, de faire imprimer & graver les Paroles & la Musique de tous lesdits Opera, qui ont été ou qui seront representez par l'Academie Royale de Musique, tant separément que conjointement, en telle forme, marge, caractere, nombre de Volumes & de fois que bon leur semblera, & de les vendre & debiter par tout nôtre Royaume pendant le temps de dix-neuf années consecutives, à compter du jour de la datte desdites Presentes. Faisons défenses à toutes personnes, de quelque qualité & condition qu'elles puissent être, d'en introduire d'impression étrangere, dans aucun lieu de nôtre obéïssance : Et à tous Imprimeurs, Libraires, Graveurs, & autres, d'imprimer, faire imprimer, vendre, faire vendre, débiter ny contrefaire lesdites Impressions, Planches & Figures, en tout ny en partie, sans la permission expresse & par écrit desdits Sieurs Exposans, ou de ceux qui auront droit d'eux, à peine de confiscation des Exemplaires contrefaits, de six mille livres d'amende contre chacun des Contrevenants, dont un tiers à Nous, un tiers à l'Hôtel-Dieu de Paris, l'autre tiers ausdits Sieurs Exposans, & de tous dépens, dommages & interests, à la charge que ces Presentes seront enregistrées tout au long sur le Registre de la Communauté des Imprimeurs & Libraires de Paris, & ce dans trois Mois de la datte d'icelles ; que la gravûre & impression desdits Opera sera faite dans nôtre Royaume & non ailleurs, en bon papier & en beaux caracteres, conformément aux Reglemens de la Librairie, & qu'avant de les exposer en vente, il en sera mis deux Exemplaires dans nôtre Bibliotheque publique, un dans celle de nôtre Château du Louvre, un autre dans celle de nôtre tres-cher & feal Chevalier Chancelier de France, le Sieur Phelypeaux, Comte de Pontchartrain, Commandeur de nos Ordres ; Le tout à peine de nullité des Presentes ; Du contenu desquelles vous mandons & enjoignons de faire joüir lesdits Sieurs Exposans, ou leurs Ayants-cause, pleinement & paisiblement, sans souffrir qu'il leur soit fait aucun trouble ou empeschement. Voulons que la Copie desdites Presentes, qui sera imprimée au commencement ou à la fin desdits Opera, soit tenuë pour dûëment signifiée ; & qu'aux Copies collationnées par l'un de nos amez & feaux Confeillers & Secretaires, foy soit ajoûtée comme à l'Original. Commandons au premier nôtre Huissier ou Sergent, de faire pour l'execution d'icelles tous Actes requis & necessaires, sans demander autre permission, & nonobstant Clameur de Haro, Charte Normande & Lettres à ce contraires. CAR tel est nôtre plaisir. DONNE' à Versailles le vingtiéme jour d'Aoust l'An de Grace mil sept cent treize, & de nôtre Regne le soixante-onziéme, Par le Roy en son Confeil. Signé BESNIER, avec paraphe, & scellé.

Registré sur le Registre N°. III. de la Communauté des Libraires & Imprimeurs de Paris, Page 648 N°. 741. conformément aux Reglemens, & notamment à l'Arrest du 30. Aoust 1703. Fait à Paris ce 12. Septembre 1713. Signé, L. JOSSE, Syndic.

Par Traité passé, DE L'ORDRE DU ROY, pardevant Notaires, le 22. Novembre 1727. entre l'Academie Royale de Musique, & le Sr. BALLARD, Seul Imprimeur du Roy, &c. Il est Cessionnaire de ladite Academie, pour ce qui regarde les Livres mentionnez au Privilege cy-dessus.

www.ingramcontent.com/pod-product-compliance
Lightning Source LLC
Chambersburg PA
CBHW060815180626
46818CB00002B/824